Los Tres Cabritos Gruff

The Three Billy Goats Gruff

retold by
enriette Barkow

illustrated by
Richard Johnson

MANTRA
LINGUA

Había una vez tres cabritos muy hambrientos llamados Gruff.
Los cabritos vivían en una colina muy empinada de la cual ya se
habían comido toda la grama verde. Los cabritos Gruff necesitaban
encontrar más comida.

Once there were three very hungry billy goats called Gruff. They lived on
the side of a steep steep hill. The Billy Goats Gruff had eaten all the green
green grass and needed to find some food.

En un valle más abajo los cabritos veían mucha grama verde y fresca, pero para llegar a ella tenían que cruzar un puente. Y debajo de ese puente vivía un hambriento y repugnante ...

In the valley below the Billy Goats Gruff could see the fresh green grass, but to reach it they had to cross over a bridge. And under that bridge lived a mean and hungry...

OGRO.

TROLL.

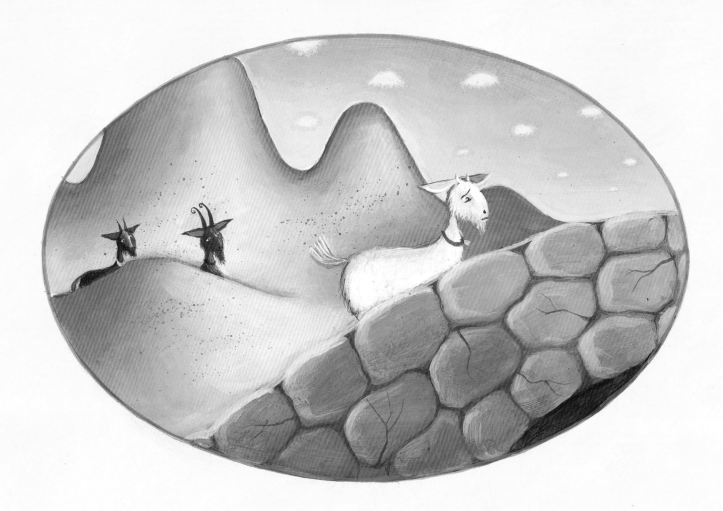

"¡Tengo mucha hambre!" - dijo el más pequeño de los cabritos Gruff. "Yo voy a ir a comer esa grama verde y fresca." Y, antes de que los otros dos pudieran detenerle, salió corriendo.
Trip, trap, trip, trap, corrió por el puente cuando …

"I'm hungry!" said the first Billy Goat Gruff. "And I'm going to eat that fresh green grass," and before the others could stop him, off he ran.
Trip trap, **trip trap** across the bridge he went when …

…una voz horrible rugió: "¿Quién está **trip-trapeando** sobre **mi** puente?"
"Sólo yo" - dijo el pequeño de los cabritos Gruff con una vocecita muy temblorosa.

a voice roared: "Who's that **trip trapping** on **my** bridge?"
"It's only me," said the youngest Billy Goat Gruff, in a tiny, trembling voice.

"¡Ajá, yo soy repugnante y tengo hambre y te voy a comer!" - grujió el Ogro.
"Por favor, no me comas a mí. Yo soy pequeñito y flaquito. Ahorita viene
mi hermano que es mucho más grande que yo" - rogó el más chiquito
de los cabritos.

"Well, I'm mean, and I'm hungry and I'm going to eat you up!" growled the Troll.
"Please, don't eat me. I'm only little and thin. My brother is coming and he's much
much bigger than me," pleaded the youngest Billy Goat Gruff.

"Es cierto, tú no eres más que pellejo y huesos" - dijo el Ogro.
"Tú no tienes nada de carne. Esperaré a tu hermano el grande."
Entonces el pequeño de los cabritos Gruff cruzó el puente y
empezó a comer grama verde y fresca.

"Well yes, you are all skin and bones," agreed the Troll.
"There's no meat on you. I'll wait for your bigger brother."
So the first Billy Goat Gruff crossed over the bridge and started to
eat the fresh green grass.

El segundo de los cabritos Gruff dijo: "¡Si mi hermanito pudo cruzar el puente también podré hacerlo yo!"
Trip, trap, trip, trap, corrió por el puente cuando …

The second Billy Goat Gruff said, "If my little brother can cross the bridge, then so can I!"
Trip trap, trip trap across the bridge he went when …

...una voz horrible rugió: "¿Quién está **trip-trapeando** sobre **mi** puente?"
"Sólo yo" - dijo el mediano de los cabritos Gruff con una voz suave y llena de miedo.

a voice roared: "Who's that **trip trapping** on **my** bridge?"
"It's only me," said the middle Billy Goat Gruff, in a small, scared voice.

"¡Ajá, yo soy repugnante y tengo hambre y te voy a comer!" - grujió el Ogro.
"Por favor, no me comas a mí. Yo soy pequeño y flaco. Ahorita viene mi hermano
quien es mucho más grande que yo" - rogó el mediano de los cabritos.

"Well, I'm mean, and I'm hungry and I'm going to eat you up!" growled the Troll.
"Please don't eat me. I'm only little and thin. My other brother is coming and he's
much much bigger than me," pleaded the middle Billy Goat Gruff.

"Es cierto, tú no eres más que pellejo y huesos" - dijo el Ogro. "Tú no tienes nada de carne. Esperaré a tu hermano el más grande."
Entonces el mediano de los cabritos Gruff cruzó el puente y empezó a comer grama verde y fresca.

"That's true, you *are* all skin and bones," agreed the Troll. "There's not enough meat on you. I'll wait for your bigger brother."
So the second Billy Goat Gruff crossed over the bridge and started to eat the fresh green grass.

Ahora había dos cabritos en el campo comiendo grama verde y
fresca y un cabrito muriéndose de hambre en la colina.
¿Cómo podria hacer el mayor de los cabritos para cruzar el puente?

Now there were two billy goats in the fresh green meadow
and one very hungry billy goat left behind.
How could the third and oldest Billy Goat Gruff
cross over the bridge?

"Bueno" - pensó el mayor de los cabritos Gruff - "¡Si mis hermanos pudieron cruzar el puente también podré hacerlo yo!"
Trip, trap, trip, trap, corrió por el puente cuando …

"Well," thought the third Billy Goat Gruff, "if the others can cross that bridge then so can I!"
Trip trap, trip trap across the bridge he went when …

...una voz horrible rugió: "¿Quién está **trip-trapeando** sobre **mi** puente?"
"¡Soy yo!" - gritó el mayor de los cabritos Gruff. "¡Yo soy grande y fuerte
y no te tengo miedo!"- mintió.

a voice roared: "Who's that **trip trapping** on **my** bridge?"
"It's me!" bellowed the oldest Billy Goat Gruff. "And I'm big,
and I'm strong, and I'm not scared of you!" - although he really was.

"¡Ajá, y yo soy repugnante y tengo hambre y te voy a comer!" - grujió el Ogro.
"¡Eso es lo que tú crees!" - dijo el mayor de los cabritos Gruff. "Tú serás repugnante y tendrás hambre pero antes de comerme tendrás que alcanzarme."

"Well, I'm mean, and I'm hungry and I'm going to eat you up!" growled the Troll.
"That's what you think!" said the oldest Billy Goat Gruff. "You may be mean, and you may be hungry. But if you want to eat me, come and get me."

El Ogro subió al puente y echó a correr hacia el mayor
de los cabritos Gruff.

The Troll climbed onto the bridge and rushed
towards the third Billy Goat Gruff.

Pero el mayor de los cabritos Gruff estaba preparado. Bajó la cabeza, dio un par de coces y … **trip, trap, trip, trap,** empezó a correr hacia el Ogro.

But the third Billy Goat Gruff was ready for him. He lowered his horns, he stamped his hooves … **trip trap, trip trap** … and charged towards the Troll.

El mayor de los cabritos Gruff le dio una embestida gigantesca
con sus afilados cuernos al repugnante y hambriento Ogro.

The third Billy Goat Gruff butted that mean and hungry Troll with his big sharp horns

El Ogro salió volando por
los aires ...

The Troll went flying
through the air.

...hasta que cayó al helado
río con un salpicón enorme.

He landed with a mighty splash,
in the cold cold water.

La corriente del profundo río se llevó al repugnante y hambriento
Ogro hacia el mar, y nadie le ha vuelto a ver.

The deep deep river carried the mean and hungry Troll
out to sea and he was never seen again.

¿Será cierto?

Or was he?

Ahora los tres cabritos Gruff nunca sienten hambre ya que tienen mucha grama verde y fresca. Además, pueden **trip-trapear** por el puente cada vez que les de la gana.

Now the three Billy Goats Gruff aren't hungry anymore. They can eat as much fresh green grass as they want. And they can **trip trap** across the bridge whenever they like.

For Debbie, Sara, Katey, Jimbo, Rob & all the trolls!
H.B.

To Mum, Dad, Laura & David
R.J.

First published in 2001 by Mantra Lingua
Global House, 303 Ballards Lane, London N12 8NP
www.mantralingua.com

Text copyright © 2001 Henriette Barkow
Illustration copyright © 2001 Richard Johnson
Dual language text copyright © Mantra Lingua

This edition published 2022

Printed in UK. 180322PB04222560